# しみづあたたかをふくむ

*Shimizuatatakawofukumu*
*Moriga Mari*

森賀まり

ふらんす堂

目次

# 句集　しみづあたたかをふくむ

# I

雨太く楝の花に吹き込める

日盛の縄目を叩く槌の音

ほそき草揺るる行水名残かな

盆礼や手洗ひの水よぢれつつ

十三夜敷居に蠟のかがやきぬ

湯豆腐や煙のごとく人去りて

世紀末とうに過ぎたる屛風かな

この夜を落葉の走る音ならむ

綿虫や豆腐は水を見つつ購ふ

初氷草の青みの染みわたり

大いなる白布を裁ちぬ一の午

春風に背中ふくらみつつ行けり

囀や離宮といふは水を渡る

金属の組成うつくし猫柳

猫の子のすずしく腹を曲げて眠る

新緑の匙より蜜の垂れにけり

私より急ぎゐる人若楓

虫瘤のつややかなりき夏料理

藍浴衣お櫃のふたをここへ置く

烏瓜の花が黙ってついてくる

草の蜘蛛ふはりと何もなき方へ

学寮の茂に匂ひありにけり

かげろふを髪につけゆく鉾囃子
こほろぎの滴のごときかうべかな

よく歩く野分の雲と思ひつつ
十三夜橋の暗さを言ひにけり

貝の脚たひらに伸びる秋の暮

こはれたる手籠のままに種を採る

一灯に末枯の果て見えてをり

末枯にしやがめば鳥の鳴きやみぬ

向う岸冬満月に近くあり

札納人の中より手を出しぬ

炬燵より花鉢の水たのみけり

口漱ぐとき柊の花を見る

灯ともせば聖樹の影の立ち上がり

玻璃の外玻璃の内冬あたたかに

覗きみる炬燵の中や母の家

淡雪やレコード盤のゆらゆらと

曇天の底なる影や草を焼く

ひろびろと雨を呼びゐる焼野かな

春の夢印度更紗の鳥のゐて

革靴に草のみじかき仏生会

北欧の地図に湖うららけし

大根の花首かゆき猫とゐる

草の虫つぎつぎたたせ花御堂

好きな人なれば声浮く五月かな

誰彼となく青蔦のさざめける
さくらんぼ真赤な方をくれにけり

蛍火に足そろへゐる子犬かな

額の花腕の背広を受け取りぬ

はんざきのどさりと抛りたるごとし

青蘆やふたりが遅れつつ五人

汗ながら静かな顔でありにけり

睡蓮の花の向うのつつがなし

兄あれば我はいもうと旱雲

こめかみの白髪やはらか籐寝椅子

夕立に頭濡らして池らしき
遠ければ桐の花咲く昴りに

空豆を人買ひをれば我も買ふ

初秋や氷の中の魚の目

水盤の広きに注ぐ秋の雲

白桃に夕のぬくみのありにけり

葛の花箱傾けて本を出す

菊の日や大き影なる雲ながれ

秋の蜘蛛息吹きかけてすこし追ふ

歌ひつつ歩けど遠し芒原

夜の虫船の油のにほひして
音階は下りへ向かひ秋の水

真二つにまた真二つに紅蕪

ライト兄弟のマフラーもかく靡きたる

冬林檎三つ傾きあひてをり

日の中にからだを入れて餅を搗く

Ⅱ

火に遅れ火を追ひたてて草を焼く

湯の中にパスタのひらく花曇

春の蚊や八坂の塔のぼんやりと

夜の色脱ぎつつあらむ山椒の芽

うしろあし後ろへ長し蝸牛

断裂と起伏うるはし苔の花

雨籠る人は読みけり花樗

一面の草に雨音金魚玉

釘の痕くさびの跡や夕立あと

帷子の何も握らぬこぶしかな

射干や平らに光る夜の川

鉾を解く人の往き来が空にあり

帯太き詩人の一書露けしや
片目づつ別の桔梗を見てゐたる

振り返りつつ残菊を剪りくれし

鳥の声ひろふマイクや冬に入る

散髪の済みて冷たき耳がある

日の窓の一つかがやき初氷

スケート靴履くやこつんと打つ踵

手袋を片方くはへ切符買ふ

綿屑をあちこち付けて聖樹の子

青草につまみ出したる氷かな

ふきのたう何でもなくて笑みの出て

永き日や細菌の名に頭文字

さみだるる犬の鎖の打ちふるひ
樟脳の匂ひ抜けゆく鵜飼舟

日盛りの地へおろさるる壁画かな

喉あいて飲みものとほる露台かな

皂莢に寄りて離れて涼しさよ

夏落葉足音の無き人とゐる

テーブルと影を一つにかき氷

生身魂返盃眉にかかげたる

こはれもの抱きて秋めくこころかな

ことごとく野分のバスは草つけて

人のかほ思ひ出しつつ芒原

冷やかに声出さず読む手紙かな

末枯れて足あたたかに人の家

口髭も冬ざれの色してゐたる

大年のその日へ花の届きけり

ゆつくりと夕焼けになる冬菜畑

あたたかし畳に拾ふ白髪も

鶏小屋は金網粗し花曇

春潮によろめくこともたのしかり

水温む捕手は両手を差し上げて

口もとに産毛かがやく蛇苺

掃除機を後ろに曳くも青葉冷

土色のもの置かれゐて蔵涼し

青き実のつぶさに垂るる川泳ぎ

水を見る眼に見えて蛭蓆

かなへびの胸どきどきとしてゐたる

遠泳ぎ影となりつつ折り返す

雨流れ落つる棗となりにけり

露草や靴の石ころ出すしぐさ

母の家野分の夜のかく暗き

鶏頭の古ぼけてゐる夕べかな

十月の砂地を歩きつづけたり

草じらみ長く借りたる本を返す

ねこじやらし助手席の友よく眠る

綿くづのふはふはあるくクリスマス

一等地とは冬ざれのひとところ

# Ⅲ

家濡れて重たくなりぬ花辛夷

日向ぼこ誰かの栞はづしけり

押すとなくころがすとなく恋の猫

春の草小鼻ふくらみつつ話す

かさぶたのやうに春日が髪の上
鳥の巣の踏みくぼみたるところかな

燕の子頭うずうずしてゐたる

富士日記貸してそれきり青時雨

羅にとほす腕を反らしけり

雨雲の崩るる匂ひ青芒

草市や顔の近くに灯をともし

月の友夫の話をしてくれし

改札を抜けて柳の散る日かな

こなごなに蜜柑を剝いてくれたりき

風花す足場の中に人立ちて

冬帽の我ら眼で数へらる

枯芝に黄道低くかかりけり

冬空や来るといふ人来る途中

クロッカス指入れて履くうすき靴

山桜思ひ出しつつ地図を描く

鉛筆の四五本置かれ春炬燵

夏の蝶空に大波あるやうに

洗顔のあとに夜明やほととぎす

天牛やかすかに風の押す力

指差してあけびの色の濃くなりぬ

朝のままなり冬蝶と小さき泡

ハモニカの短き曲や草枯るる

セーターの毛玉仕方のなき人よ

凍りたる柿の木あれば仰ぎけり

風花や遅れて光る複写の灯

黄のつよき朝の日差しや枯木立

義母は

壁高く冷たし紅きもの着せよ

ここよりは冬空へ野の続きをり

何となく野蒜引く子を見知りたる

小魚の顔の尖れる遅日かな

ペンで描く顎髭の密夏兆す

睡蓮や電話のなかの人とゐる

白き顔ひとつたうもろこしの花

平仮名にふりがなを付す朝ぐもり

竹煮草土手を走ればば逃げゐるごと

走る人涼しく反らす背中かな

蚊遣香眺めまはしてから点す

電線のよく見えてゐる夕涼み

宵山の人の重みの中に在り

夏蓬真白でもなき白を着る

川の子を呼べば上がりぬ烏瓜

秋澄むやうぐひ見つけし子は偉き

静止画のやうに二人やざくろの実

鬼灯をあげようと言ひくれざりき
漕ぐときの体たふるる秋の水

つぎつぎとつめたき林檎剝きくるる

ツイードの重たき冬の来たりけり

散り敷きてまた掃き寄せて七五三

ポインセチア退席の椅子少し跳ね

マスクして人の怒りを見てゐたり

大年のガラスを雲の流れけり

# Ⅳ

冬枯れの階段は鉄ひびきけり

紙袋鳴らしてあるく寒さかな

春暁や色やはらかき五穀米

父の本旅に持ち出す麦の秋

はんざきに丸きあぶくの上がりけり

さしひらく夜の腕や平泳ぎ

葛切や眼鏡とりたる顔知らず

鮎宿の埃のなかのお人形

日焼の子砂を見るともなく立てり

足袋はだしなる緑蔭の舞台かな

海水で洗ふあしゆび百日紅

母は

灸花聞こえざるときわれを見る

赤梨をフォークに刺してくれたりき

母の庭まばらな花に秋立ちぬ

どの椅子も浅く紫式部の実

白桃や過去のよき日のみな晴れて

麻袋よりてのひらへ秋の繭

ををとひの続きの母へ黄落す

つゆくさや背中毛深き赤ん坊

今年またつめたき熟柿もらひけり

短日の鶏小屋は錆こぼれあり

水吸うて新聞あをし花八ツ手

人のかげさしてあたたか冬菜畑

寒月やガラスに映りながら入る

草枯れて夕日のとどく洗濯機

踏み鍬の引掛かりつつ牡丹雪

大箱のマッチ擦る音花御堂

鸚鵡貝春の触手を揉みあへる

虎杖やひとり仕事の歌もなく

年寄りに数へられゐてうららけし

菜の花や裏に回れば人の家

夏めくや白地に垂らす色見本

稚児社参孔雀の羽根を見たるのみ

哮り鵜は鉗子のごとき嘴ひらく

夏落葉水飲んでゐる待ち時間

夕ぐれの黒き山なみ髪洗ふ

昼顔はこの糸引けばしぼみたる

教卓にてのひら熱し百日紅

晩涼や首の後ろの糊きいて

ひらけり蚊帳吊草のかたき花

白桃のゆるりと落つる蜜の中
水掻きの膜しわしわと涼新た

あきくさのどこからとなく紅き花

桔梗や奥の肘掛け椅子の人

くべながら見る人の名や秋の蝶

後ろより日の差してゐるいぼむしり

ふくらはぎうすき子どもや虫送

山鳩のあるく舞台や文化の日

自転車のはじめよろめく藪からし

ナカバヤシアルバムの嵩冬来る

あたりまへともなく蜜柑届きしよ

凍雲や生簀は声の散りやすく

しよんぼりと冬のバナナを買ひ足しぬ

V

靴下のちひさく乾く寒さかな

賛美歌の二番を知らず落葉掃く

川魚の鱗ねばつく枇杷の花

こちら向く顔に水洟しづかさよ

冬あふひ気泡のごとき花つけて

水涸れて白銀号といふは馬

冬帽子鳩が来るたび頷いて
子の運ぶ皿を見てゐる霜夜かな

冬の金魚灯さずに手を洗ひけり

水引きし泥に冬日のまた満ちて

蜂あるく油圧の針の小さく振れ

梅真白その奥に泥舟がある

悦ちゃん

友の葬遠くはじまる春霰

エスカレーター長きにひとり春の雷

白墨のかつんかつんと春寒し

揺れながら歩く菜の花畑かな

菜の花畑に最後まで残る人

眼鏡置く風呂の出窓や春休み

春の蠅ふいに人語を解しけり

囀や一人を容るるテント張る

シクラメン灯りつけても暗かりき

摘草や髪ばうばうと寝起きの子

波の無き夜のプールや春の雷

船便も航空便もつちふれり

崖ぬくし犬山椒の花が咲き

雲梯の下を揺れつつ麦青む

日のかげり濁りのごとし手長蝦

卯の花や型紙ひらく生地のうへ

花棟あかるき泥に足とられ

葉桜や大きいひとは舟を漕ぐ

鼻づらのほそく濡れゐる夏野かな

背泳ぎのあたま吸はるるごと迅し

休日や蟻のくる木に腰かけて

青梅の奥へ伸ばしてゆく手かな

とりどりの高さに顔や熱帯魚

まだら蛾の翅畳みをる蛇口かな

南天の花に濯ぎしものたたく
ひとりづつ分かれて入る川泳ぎ

浜木綿のぼうと光れる砂地かな

線香が無くてひあふぎ見て帰る

一分をながく数へて浴衣の子

病葉や干潟の雨のなめらかに

うすいろの影をいくつも夜店の灯

盂蘭盆会靴下白き子どもたち

送火や水場の草を抜きながら

橋よりも低く花火の上がりけり

おしろいの花人づてに訃の来たる
たまごいろしたる飛蝗の口辺り

夜の雲剝がれてきたる秋の湖

草じらみ鞄の朽ちてゆくかたさ

石榴裂け折々人の手が触るる
深緑色の水場へ秋遍路

柱より柱へうつり十三夜

蟋蟀や葉書を持つて歩きたる

十月の猫に押し花匂ひけり

剝製は歩くかたちに石榴の実

朝露の窓に置かれし帽子かな

菊人形夕日をながく見てありぬ

秋の水映画に長き掉尾あり

# あとがき

水泉動（しみずあたたかをふくむ）。新年が明けて大寒の少し前の時候である。暦の中にこのことばを見つけたときなつかしくなった。

私の生家は四国石鎚山の登り口に近く、湧き水を水源とする地にある。凍るような朝は蛇口を開け放ち、水が温んでくるのを待ってから顔を洗った。

七十二候を眺めるに、その多くがふとした気づきを誰かがつぶやくようだ。なかでも玄冬の底に置かれたこの語にひかれる。水の温度はほとんど変わらないのに、いっそうの寒さがはじめてその温みを気づかせる。ひらがなに開いてみると、その先の春を待つ心がより感じられるように思った。

この本は『ねむる手』『瞬く』の後、二〇〇九年以降の作品から三〇〇句を選んだ。身のそばにあるもの、また失われたものの温みに気づかされた期間でもある。

装幀の裸木は若い頃より敬愛する木村茂氏の銅版画である。記して感謝申し上げます。

二〇二一年秋

森賀まり

著者略歴

森賀まり（もりが・まり）

1960年　愛媛県生まれ
句集『ねむる手』『瞬く』
詩集『河へ』
田中裕明との共著『癒しの一句』
「百鳥」「静かな場所」同人　俳人協会会員

句集　しみづあたたかをふくむ　新装版　百鳥叢書第125篇

二〇二三年三月三日　初版発行
著　者――森賀まり
発行人――山岡喜美子
発行所――ふらんす堂
〒182-0002　東京都調布市仙川町一―一五―三八―二F
電　話――〇三（三三二六）九〇六一　FAX〇三（三三二六）六九一九
ホームページ　http://furansudo.com/　E-mail　info@furansudo.com
振　替――〇〇一七〇―一―一八四一七三
装　画――木村　茂　冬枯木・F（ポプラ）
装　丁――和　兎
印刷所――日本ハイコム㈱
製本所――日本ハイコム㈱
定　価――本体二五〇〇円＋税
ISBN978-4-7814-1541-3　C0092　¥2500E
乱丁・落丁本はお取替えいたします。